L'AMITIÉ
à l'EPREUVE.

COMEDIE

EN MUSIQUE
ET
EN DEUX ACTES.

1771.

PERSONNAGES.

NELSON.

Monf. Jean van Beethoven.

JULIETTE.

Mad^{lle} Anne Marie Ries.

CORALI.

Mad^{lle} Anne Marie Salomon.

HUBERT, fuivante de Juliette.

Mad^{lle} Jacobine Salomon.

BLANDFORT.

Monf. Chriftoph. Brandt.

Le Maitre à chanter.

La Mufique eft de Monf. Gretry.

La Scene fe paffe dans la Maifon de Nelfon.

ACTE PREMIER.
SCENE I.

Nelſon.

AIR.

Mon ame eſt dans un trouble extreme,
Le jour luit à regret pour moi.
O Ciel me craindrois-je moi-même,
L'honneur n'eſt-il donc plus ma loi,
Corali peut-être je l'aime,
Ce depôt me fut confié par Blandfort
Par l'amitié même.
O tendre & divine amitié,
Dans mon cœur tu n'eſt pas éteinte.
Si par l'amour j'étois vaincu,
Si j'oſois te porter atteinte,
Je rougirois d'avoir vécu.
Confions à ma ſœur le trouble qui m'agite
Juliette eſt prudente.... Ah faut-il que j'heſite
Elle paroit, je commence à trembler.

A   SCENE

SCENE II.

Juliette, Nelson.

Juliette.

Mon frere, Corali demande à vous parler
Nelson.

Corali !

Juliette.
Oui cela vous fait-il de la peine?
Nelson.
De la peine à moi! non, mais sans doute, ma
Vous savés, quel sujet l'améne ?   (sœur
Juliette.
Elle ne me fait pas l'honneur
De me prendre pour confidente.
Nelson.
Depuis un certain tems son air est plus reveur,
D'elle même, elle est differente
Vous ne la traités peut-être pas aigreur.
Juliette.
Vous me faites injure.
Nelson.
Elle aime la retraite...
Ah! vous verrés que c'est Blandfort qu'elle
regrette.
Juliette.
Elle le doit au moins, il est son bienfaiteur,
Cette jeune Indienne a perdu sa famille;
Son Pere en expirant sous le fer, du vainqueur
à Blandfort confia sa fille

De

De ce brave Officier il connoissoit l'honneur
Par la raison, par la douceur.
Blandfort sût abréger le tems de son enfance
Il l'éclaira par la reconnoissance
Et hâta son esprit en parlant à son cœur.

Nelson.

Au dessus de son âge, il est vrai qu'elle pense
Ses yeux peignent son ame, on y voit la candeur

D u o.

Juliet. Je m'y connois mon chere frère,
Mon chér frère vous aimés,
Vous tenés dans le mistere
Vos sentimens renfermés
Mais vous avés beau vous taire
En vous taisant vous parlés
Bon: je m'y connois mon frère.

Nels. Qui moi lui plaire, c'est chimere
Ma sœur vous vous abusés
A tort vous vous allarmés.

Juliet. Quand cette jeune étrangere
Vient à vous les yeux baissés
Elle tremble, & vous mon frere
Vous rougissés.

Nels. Qui moi lui plaire, c'est chimere.

Juilet. On se trahit sans y penser.

Nels. Mais ma sœur c'est m'offenser.

Juliet. Ne vous cachés plus mon frere

Nels. Avec vous je suis sincère.

Juliet. Corali fait trop vous plaire.

Nels. C'est chimere,

Juliet. Et même vous lui plaisés.

A 2

Nelson

Bon je m'y connois mon frere

Nelſ. Tous les deux vous vous aimés,

Jul. Non ma ſœur vous vous abusés,

En vain vous vous deguisés.

Nelſ. A tort vous vous allarmés.

Juliet. Oui mon frere, mon cher frere,

Tous les deux vous m'allarmés.

Tous les deux vous vous aimés.

Nelſ. A tort vous vous allarmés,

Moi lui plaire c'eſt chimere,

A tort vous vous allarmés.

Nelſon.

Sur une ſimple conjecture

Juliette.

Conjecture! ah! l'heureux deſour.

Nelſon.

Vous accuſés à tort l'amitié le plus pure.

Juliette.

Diſcours! l'amitié la plus pure

Eſt le voile que prend l'amour.

Nelſon.

Mais...

Juliette.

Je vous aime-trop pour n'être pas ſincere

Vous defenſeur des loix, membre pu Par-

lement,

Vous qui devés l'exemple, ah! quel égare-

ment!

Vous allés dégrader ce noble caractere,

Vous allés être indubitablement

Ami trompeur, parjure à ſon ſerment

Et perfide depoſitaire.

Nelſon.

Nelson.

Eh! pourquoi dans mon cœur enfonçés-vous
ce trait!
Que faites-vous, ma sœur?

Juliette.

votre portrait.

Nelson.

Quoi c'eft le deshonneur, qu'il faut que je re-
doute!
Vous me tenes de femblables propos!

Juliette.

Votre devoir, qui vous parle fans doute,
M'eft plus cher, que votre repos,
A Blandfort Corali doit être mariée,
A fon depart pour l'Inde, il vous la confiée;
Pour un depôt fi cher, il auroit dû compter.
Vous le lui ravifsés. Dans les cœurs je fais lire
Dans le votre fur-tout.

Nelson.

Qu'osés-vous me prédire.

Juliette.

Ce que vous devés éviter.

Nelson.

C'eft mon intention.

Juliette.

Azés un air plus grave.

Nelson.

Alors elle croira, qu'on la traite en efclave.

Juliette.

Vous aimés mieux être le fien.

Nelson.

Je vous pvomets de m'obferver moi-même.

Juliette

Juliette.
Et moi pour foulager votre contrainte extreme
Je reviendrai bientôt abréger l'entretient
Nelfon.
Vous me ferés plaifir.
Juliette.
Je n'en crois rien mon frere.

SCENE III.
Nelfon.
A i r.

Non jamais l'amour ne troublera la paix
Qui regne dans mon ame,
Je triompherai de fa flamme
La fiertè d'un Anglois
N'eft point faite pour la tendreffe.
Aurois-je une foibleffe
Non, non jamais.
Mais je juge mon cœur
Avec trop de rigueur.
Eh! comment s'empecher
D'adorer tant d'atraits
Par fon empire l'amour attire
Enchaine, entraine.
Pour lui nos cœurs font-ils donc faits.
Non jamais &c.

SCENE

SCENE IV.

Corali, Nelson.

Nelson.

Aimable Corali, ma sœur vient de m'in-
Que vous desirés me parler.   (struire,

Corali.

Mais vraiment, j'ai toujurs quelque chose à
          Nelson.   (vous dire.

A moi*!*

Corali.

Oui, pourquoi vous troubler ?

Nelson.

Moi me troubler...

Corali.

Tres-fort ; cela me fait trembler.

A I R.

Cor. Si je pense, c'est votre ouvrage
Je vois en vous la verité.
Vous m'enseignés la langage
Avec plaisir j'en fais usage
Je peins ma sensibilité.
Excusés ma timidité,
Pour un maitre, c'est un hommage
Et dans mon cœur sans faussété
Que la reconnoissance engage.
Demelés bien la verité
Dont vous m'enseignés le langage.

Nelson.

Je ne sçais ou j'en suis, & mon cœur transporté
Ah! ma sœur m'a dit vrai,

Corali.

Cette vivacité
Peut-être est un mauvais présage
Vous aurois je déplu!

Nelson.

Déplû! vous!

Corali.

un nuage
Altere la sérénité
Que la candeur peint sur votre visage.
Ah, Nelson, contre moi vous êtes irrité.

Nelson.

Non je vous en reponds.

Corali.

Enfin j'ai dans l'idée
Que je vous importune fort
Quand on est malheureux, on est intimidée,
Ici vous ne m'avés gardée
Que par amitié pour Blandfort.

Nelson.

Dès que l'on vous connoît, on en perd le mérite
J'ai fait l'office d'un ami,
Plus je vous vois, plus je m'en felicite,
Et maintenant je ne fais rien pour lui.

Corali.

Vous le devés; car je vous aime
Avec tant de plaisir! ...

Nelson.

Vous m'aimés?

Corali.

Oui Nelson.

Nelson.

Nelson.

Corali! ... Corali...

Corali.

Votre trouble est extreme.
Mon amitié vous fache!

Nelson.

Non.

Non... mais j'etudiois une cause importante
Il faut sur ce proces repandre un jour nouveau

Corali.

L'affaire est donc interressante !

Nelson.

Oui... oui... Permettés-moi d'aller à mon
bureau.

Corali.

Eh bien! de mon côté, je vais m'asseoir & lire
Cela ne pourra point vous causer d'embarras;
Je vous promets de ne rien dire.

Nelson.

Vous ne m'interromprés pas moins.

Corali.

Je ne crois pas
Travaillés : je vais prendre un livre.

Nelson.

Voïons donc sur quel exposé
Je puis justifier l'innocent accusé
L'innocent dans les fers.

Corali.

Il faut qu'on le delivre,

Nelson.

Vous ne lisés donc pas ?

Corali.

Si fait,

Mais j'écoutois.

Nelson.

Du moins foïés filencieufe,
Un feul mot de vous me diftrait

Corali.

Et moi, quand vous parlés, je deviens curieufe.

Nelson.

Eh bien, ne difons rien tous deux.

Corali.

Je ne fais pas, fi cela feroit mieux.

Nelson.

Examinons ces pieces d'écriture

Corali.

Recommençons notre lecture.

Nelson.

Je ne puis travailler.

Corali.

Ce livre eft ennuyeux.

Nelson.

Corali, prenés-vous donc garde,
A quoi nous employons le tems?

Corali.

Oui, vous me regardés, & moi je vous regarde.
Nous ferions auffi bien de nous parler.

Nelson.

J'entends :
Vous aimés à parler, vous n'aimés pas à lire.

Corali.

Parler avec vous, c'eft s'inftruire.

SCENE

SCENE V. .

Juliette, Corali, Hubert, Nelson.
Hubert.

Miss, c'eſt votre Maitre à chanter.
Nelson.

Il vient bien à propos.
Juliette.

Il faut en profiter,
Blandfort veut vous donner tous le moïens de
                                    plaire,
Vous lui devés une amitié ſincere.
Corali.

Tout ce qu'il fait pour moi m'engage à l'eſtimer
Mais le ſecours d'autrui m'afflige & m'humilie.
Ce malheur à mes yeux ſert à me deprimer.
J'ai formé le projet, j'ai la louable envie,
De me mettre au deſſus des beſoins de la vie;
Excepté cependant celui de vous aimer.
Juliette.

Cultivés avec ſoin les talens agreables;
Une femme ſouvent leur doit tout ſon bonheur
Ce ſont, preſque toûjours des ſecrets imman-
                                    quables
Pour ſeduire un époux, & pour fixer ſon cœur :
    C'eſt en l'attirant par leurs charmes
  Qu'on lui fait aimer ſa maiſon,
    Et tous les talens ſont des armes
Que l'amour inventa pour plaire à la raiſon.
Corali.

Eh bien donc, vous ferés l'objet de ma leçon.

SCENE

SCENE VI.

Juliette, Nelson.
Nelson.

Ah! ma sœur, que je suis à plaindre!
Juliette.
Vous aimés, vous êtes aimés
J'avois bien raison de le craindre.
Nelson.
Corali me la confirmé
Son ame incapable de feindre
N'a pris ni voile, ni detour
Son esprit naturel, que rien ne peut con-
traindre,
Pense, qu'il est permis d'exposer au grand
jour
Ce sentiment si doux, ce penchant de l'amour,
Que l'education nous ordonne d'éteindre,
Lorsque le cœur en préscrit le retour.
Juliette.
L'amitié va perdre sa cause.
Nelson.
Non à cet affreux repentir
Ne croyés pas, que je m'expose,
Ma sœur, & pour m'en garantir
Demain… ce soir, je suis resolu de partir.
Juliette.
De partir!
Nelson.
Oui sans doute, & je vais quitter Londre
A mon ami, je sçais ce que je dois;
Ce

Ce n'eſt qu'en m'eloignant, que je puis en re-
                                    pondre
Comment pourrois-je voir ſans ceſſe auprès
                                    de moi
Une beauté ſenſible & vertueuſe
Me demander & me donner la loi?
La circonſtance eſt dangereuſe?
Et pour être exaſt à ſa foi,
Quel homme auroit la force malheureuſe
De pouvoir répondre de ſoi!

SCENE VII.

Corali, le Maître à chanter, Juliette, Nelſon.
                Corali.

Ladi! j'amene ici mon maitre;
Il faut, que devant vous je prenne ma leçon.
Vous aimés la muſique, & vous pourriez
                                    connoître,
Si je chante afsès bien pour amuſer Nelſon.
                Nelſon.
J'en ſuis certain avant de vous entendre.
                Corali.
Quand vous m'écouterés, ma vix ſera plus
                                    tendre.
                Nelſon.
        Cela manquoit pour m'achever.
                Juliette.
Comment! ma Harpe auſſi
                Corali.
            Vous devés m'approuver.
                            Vous

Vous accompagnés à merveille
A ce petit concert Nelson va prendre part,
Et mes accens, soutenus par votre art
Flatteront bien plus son oreille.

Juliette.

Mon amour propre en souffrira;
Mais il suffit que la chose vous plaise.

Nelson.

Dites de quel pays la musique sera;
Italienne, Allemande, Françoise?

Juliette.

Mon frere, là dessus point de discussions.
Il est, pour en juger, une regle très-sûre:
Toute musique doit rendre les passions;
Celle qui fait exprimer la nature,
Est de toutes les nations.

Le Maitre.

Ladi pense très-juste, & je pense comme elle,
L'arrêt qu'elle vient de porter
Doit terminer toute querelle
Mifs, cette ariette est nouvelle.

Corali.

Donnés-là; je vais la chanter.

A R I E T T E.

Du Dieu d'amour en bravant la puissance
On s'expose à ses rigeurs
On croit le fuir, mais les traits qu'il nous lance
Ont deja frappés nos cœurs.
Au doux murmure des fontaines
En vain l'on cherche le repos
Et le ramage des oiseaux
Reveille encore nos peines,

On

On languit, on gemit, on se tourmente,
  Toujours la peine augmente,
  Mais l'on se livre à l'esperance,
  Quand l'amour unit deux cœurs
Du Dieu d'amour en servant la puissance
        On merite ses faveurs
  Le ciel est pur, nos jours sont beaux
  Quand les plaisirs forment nos chaines
  Aux doux murmure des fontaines
    Alors on goute le repos,
  Et loin de nous l'amour banit les peines
    Oui tout remplit nos desirs,
    Quand les nœuds des plaisirs forment nos
                                  chaines.

Le Maitre.

Il n'est point de pareils sujets.

Nelson.

Non j'ai connu les plus parfaits
Ah Corali tu les surpasses
Par les dons les plus excellens.
Pour seduire les cœurs, pour enivrer les sens,
N'étoit-ce pas afsés de ses traits, de ses graces,
  Sans y joindre encor les talens?
  Quelle voix sensible & legere!

Corali.

Vous étes mécontent Nelson?

Nelson.

Non

Corali.

Je le vois.

Nelson.

Nelson,
Non, Corali, je suis sincere
Je suis fort mécontent; mais ce n'est que de moi.
Le Maitre.
Cette Musique a dû vous plaire.
Nelson.
Oui, mais pour aujourd'hui c'en est asés je croi!

SCENE VIII.

Corali, Juliette, Nelson.

Nelson.

Vous chantés asés bien pour vous passer de
Maitre.
Corali.
Nelson vous me flattés peut-être.
Juliette.
Non Corali, vous chantés tout au mieux
Allés, allés, laisses-moi faire,
Nous nous amuserons beaucoup toutes les deux
Pendant l'absence de mon frere.
Corali.
Comment donc ?
Nelson.
Oui je pars, je vais bien loin d'ici
Corali.
Mais Juliette & moi nous vous suivrons aussi.
Nelson.
Non, Corali, je vous laisse avec elle.

Corali.

Vous pouvés-vous refoudre à quitter vôtre
                              fœur ?
          De la tendreffe fraternelle
Vous ne fentés donc pas le charme & la dou-
                Juliette.   ceur.
          Je demeure ici pour affaires
          Et je vais ordonner pour lui
          Les préparatifs neceffaires ,
Pour qu'il foit en état de partir aujourd'hui.

SCENE IX.

Corali, Nelfon.

Corali.

Votre fœur peut refter, fi bon lui femblé
Nelfon, nous partirons enfemble.
                Nelfon.
Cela feroit decent !
                Corali.
          Vous me laifsés donc ?
                Nelfon.
Non, Corali, Non ; je vous le protefte.
                Corali.
Dans ce cas mon projet doit vous paroitre bon;
Si vous partés, je pars, fi vous reftés, je refte.
                Nelfon.
     Ce que je vais dire eft affreux...,
     Non je ne puis...
                Corali.
                Parlés...,
                Nelfon.
                              Je n'ofe.
          B   *Corali.*

Corali.

Nelſon...

Nelſon.

De mon départ vous ſeule étes la cauſe.

Corali.

Ma tendreſſe pour vous eſt une crime à vos

Nelſon.   yeux.

J'ai de votre bonheur fait mon unique étude;
Et ſi vous n'aimies pas Nelſon,
Ce ſeroit une ingratitude.

Corali.

Eh bien! voila parler raiſon.

Nelſon.

Mais ce penchant & ſi doux & ſi tendre
Pourroit nous preparer un cruel repentir;
Je ne dois pas y conſentir.
Un autre a le droit de pretendre...

Corali.

Helas! je ne vous entends plus.

Nelſon.

Le reſpectable ami, plein de tant de vertus.
Que vous devés aimer autant que je l'honore
Ne doit-il plus compter ſur moi?
Blandfort, quand il vous a confiée à ma foi
Vous étoit cher.

Corali.

Il l'eſt encore.

Nelſon.

Blandfort, votre liberateur,
Et de vos jeunes ans heureux dépoſitaire,
Doit être aimé de vous.

Corali.

Corali.
Il eſt mon ſecond pere,
Et ſes bienfaits ſont gravés dans mon cœur.
Nelſon.
Eh bien! à ſon retour, il veut pour recom-
penſe
Des ſentimens plus flateurs & plus doux
Que la ſimple amitié, que la reconnoïſſance,
Il aſpire au bonheur de ſe voir votre epoux
Corali.
Jamais, jamais Corali, trop ſenſible,
A Blandfort ne ſe donnera.
Nelſon.
Il faut que cela ſoit
Corali.
Cela n'eſt pas poſſible
Blandfort lui-même l'avouera.
Ses préceptes ſont bien gravés dans ma mé-
moire.
Une fille, qui veut avoir ſoin de ſa gloire
Doit ſe marier à ſon choix,
Voici ce que Blandfort m'a dit plus d'une fois
A i r.
Corali. Sans l'amour, lorſqu'on s'enchaine
On ne connoît pas ſon malheur.
L'inſtant arrive, il vous entraine
Vers l'objet fait pour votre cœur
C'eſt alors, qu'on ſent ſa peine,
On veut fuir, la fuite eſt vaine
Partout, où l'on va, l'amour eſt là.
Qui dit, voilà l'epoux, qu'il falloit pren-
On veut s'en defendre., dre.

On

On s'arme deja,
Mais quand on a l'ame tendre,
Qu'arrive-t-il de celà
Sans l'amour &c.

ARIETTE.

Nels. Non j'aurois horreur de moi-même
Je me detesterois, je me mépriserois,
Je me fuirois, je me crandrois, je me
dirois.
On doit s'estimer, quand on aime.
Des que le sommeil viendroit
Appésantir ma paupiere,
Des que la nature entiere
Se reposeroit, le remord me pour-
suivroit,
Et me crieroit, malheureux, je l'eveille
Vois ton ami,
Tu l'as trahi
Jamais un traitre ne sommeille.
Corali.
Mais vous éviterés un si cruel remord
Quand vous m'épouserés de l'aveu de Bland-
Et je lui vais ecrire une lettre très vive. (fort
Pour lui mander qu'il est tems qu'il arrive.
Nelson.
Non, c'est par moi qu'il doit être éclairci.

SCENE

SCENE X.

Hubert, Juliette, Corali, Nelson.

Hubert.

On m'a donné pour vous la lettre que voici

Juliette.

On vous apporte des nouvelles
De Blandfort.

Corali.

Ah ! voyons, nous apprendrons par elles
Si son voyage a secondé mes vœux.

Nelson.

Bon, votre impatience est telle
Que je le desirois : je vous en aime mieux.

Corali.

Mais elle est tout naturelle,
Blandfort est bienfaisant, sensible, vertueux,
Je lui dois tout, j'aurois une peine mortelle
Si je le savois malheureux.

Nelson.

Il arrive.

Corali.

Il arrive ?

Nelson.

Oui de cette heure même.

Corali.

J'en suis charmée.

Nelson.

Et moi j'en suis ravi.

(il lit la lettre.)

J'arriverai, mon cher ami,
Peut-être avant ma lettre ! ainsi

Je reverrai bientôt tout ce que j'aime,
Je recevrai de toi l'aimable Corali
          Ce dépôt, ce tréfor si rare
Que la fidelité reçut de mon amour,
Avec plaifir je touche à l'heureux jour,
          Où nôtre bonheur fe prépare,
J'efpere que ta fœur,   par amitié pour moi
Des inftans précieux fachant faire l'emploi,
Aura formé le cœur de ma jeune pupille,
Enrichi fon efprit par une etude utile;
Je verrai fés talens égaux à fes attraits,
Et ma felicité fera bien plus réelle
Que je ferai content! c'eft un de vos bienfaits
          Que je vais poffeder en elle.

Nelfon.

Blandfort vient reclamer les droits qu'il a
          Juliette.   fur vous.
Il faut fans balancer,   l'accepter pour époux.

Corali.

Et moi, fans balancer, je fuis très decidée
A lui declarer net, que je ne puis pas.

Nelfon.

Mais...

Corali.

     Par la verité je fus toujours guidée
Voilà les feuls confeils dont je veux faire cas.

Nelfon.

     Ma fœur, je pars en diligence.

Juliette.

     Mais pouvés vous avec decence
Vous eloigner au moment que Blandfort?...

Nelfon.

Nelfon.

Je ne pourrai jamais foutenir fa prèfence.
Ah ! ma fœur ! cachés - lui mon tort ;
Et comme vous pourrés, excusés mon abfence,
Vous , jufqu'à mon retour obfervés le filence,
Car... de vous va dependre... ou ma vie ou ma
Je me fie à votre prudence ,   mort.
Ma fœur.

Juliette.

Partés , j'en fuis d'accord.

TERZÉTTO.

Nelf.   Je parts rien ne m'arrête,
N'arrêtes pas mes pas.
Corali. Vous ne partirés pas.
Juliet. Votre voiture eft prête,
Partés , ne cedés pas.
Corali. Corali t'eft fi chere,
Et tu veux la quitter.
Juliet. Partés mon frere
Nelf.   Elle me defefpere ,
Je ne puis pas quitter.
Juilet. Partés mon frere.
Corali. Ma bonne amie ,
Je me croirai haïe,
Arrêtés donc fes pas.
Juliet. Partés fans l'écouter.

Nel.

Nel. Je pars rien ne m'arrête,
N'arrêtés point mes pas.
Cor. Arrête tu ne partiras pas.
Jul. Votre voiture est prête,
N'arrêtes point ses pas.
Cor. Quelle douleur extreme
Afflige un cœur qui t'aime,
Ai-je pu meriter.
Nelf. Quelle douleur extreme,
Ma Corali je t'aime,
Et je dois éviter.
Juliet. Mais partés mon frere.
Corali. Je me croirai haie,
Cher Nelson si tu pars,
Nelf. Non tu n'est point haie,
Mais il le faut, je pars.
Juliet. De l'amitié trahie.
Redoutés les regards.
Corali. Ma bonne amie.
Juliet. Partés mon frere.
Le peril est extrême,
N'écoutés que l'honneur.
Nelf. Vous me rendés à moi-même,
Je veux suivre l'honneur.
Cor Ah trop cruelle sœur
Je me croirai haie,
Cher Nelson si tu pars.
Jul. Oui suivés l'honneur
De l'amitié trahie
Evités les regards,
Nel. Oui je suivrai l'honneur.

Juliet.

Juliet. Partés mon frere,
Nelſ.   Elle me defefpere,
           Je ne puis la quitter.
Juliet. Mais partés donc fans l'ecouter.
Nelſ.   Je pars rien. ne m'arrête,
           N'arrêtès plus mes pas,
Corali. Arrête, il s'echape de mes bras.
          O defefpoir extreme!
          Dieux il ne m'aime pas.
Jul.   Rentrés donc en vous même,
          Venés, ſuivés mes pas.

Fin du premier Acte.

A C T E

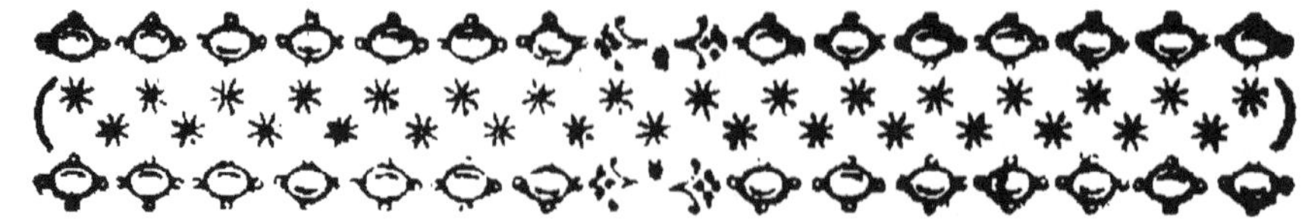

ACTE SECOND.

SCENE PREMIERE.

Corali.

Nelſon part, Nelſon me laiſſe
Peut-on agir ainſi.
Je veux m'en aller auſſi.
On me contredit ſans ceſſe,
Que pourrois-je faire ici,
Il s'en va, parcequ'il m'aime,
Comme je l'aime, je l'aime de même
Je veux m'en aller auſſi.
Oui Ladi aura beau dire & beau faire,
Je lui dirai ces mots-ci : il eſt parti votre
Je veux m'en aller auſſi.　　frere.

SCENE II.

Corali, Hubert.

Corali.

Hubert, venés m'aider à lier cet habit;
Dépêchés vous.

Hubert.

Vous avés du dépit.

Corali.

Corali.
Oh! si j'en ai...!
Hubert.
Méme de la colere,
Pour la premiere fois...
Corali.
Si Corali t'est chere,
Obéis, ne replique pas:
(lui donnant quelques pieçes.)
Accepte cet argent.
Hubert, les acceptant.
Il faut vous satisfaire.
(elle acheve d'habiller Corali.
Corali, ôtant son collier.
Quittons cette parure, elle m'est étrangere;
(elle ote ses boucles d'oreilles.)
Et ces vains ornemens dont je fais peu de cas.
Hubert.
Daignés expliquer ce mistere.
Corali.
Un vaisseau dès ce soir va partir pour Madras.
Embrassons-nous, demain : helas!...
Tu ne me verras plus.
Hubert.
Que prétendés-vous faire?
Corali.
'M'éloigner pour jamais de ces affreux climats,
Où l'on defend.., d'aimer...d'être sincere.
N'en dis rien à personne : à présent laisse-moi.
Adieu.
Hubert à part, en s'en allant.
La pauvre enfant! il est de mon emploi
D'avertir Juliette, & je risque à me taire.

SCENE III.

Corali seul.

Je n'emporte avec moi que ce cœur de cryſtal.
Nelſon me l'a donné : preſent cher & fatal !
(en baiſant le cœur de cryſtal.)
A tous les biens je le préfére.
Il faut quitter cette maiſon.
(elle s'accied.)
Je vais rentrer au ſein de la miſere ;
Du moins je reverrai le ſejour de mon pere.
(elle ſe leve.)
Et j'oublierai... puis-je oublier Nelſon ?

A quels maux il me livre,
Nelſon mon ame va te ſuivre,
Sans toi pourrois-je vivre,
Et tu m'en fais la loix
Au lieu d'un bien ſupreme
Tu vas d'un cœur, qui t'aime
Cauſer le malheur extreme,
Mais fais je ſi toi-même
Tu ſongeras à moi,
Tu penſeras à moi.

Dans nos bois, dans nos plaines,
Helas ! mes larmes ſeront vaines :
Je vais trainer mes peines,
Et gémir loin de toi,
De l'une à l'autre aurore,
Tout va nourir encore
Le tourment qui me devore.

Mais

Mais toi qu'en vain j'implore,
Va tu songer à moi,
Vas tu penser à moi?

Du charme de t'entendre.
Comment pouvois-je me defendre?
Si mon cœur fut trop tendre,
Ah! ne t'en prends qu'à toi :
Tu m'en appris l'usage;
Je t'en devois l'hommage,
Et j'emporte ton image.

Mais toi, que rien n'engage,
Vas tu songer à moi,
Vas tu penser à moi?

Ici, j'étois contente;
J'osois me dire ton amante,
Ici, ma voix tremblante
T'assuroit de ma foi :
C'est là que ta tendresse
Prit soin de ma jeunesse;
Ah! j'y songerai sans cesse.

Mais lui qui me délaisse,
Songera t-il à moi,
Pensera t-il à moi?

Que l'amour te rapelle
Ce cœur si tendre, si fidelle,
Dont la fierte cruelle
A dédaigné la foi.

Que

Que je sois retracée...
Dans ton ame oppressée...
Helas! que dis-je insensée?

Bannis de ta pensée
Tout souvenir de moi,
Tout souvenir de moi.

SCENE IV.

Juliette, Corali.

Juliette.

Où Miss dans cet habit va-t-elle donc si vite?

Corali.

Je m'en vais...

Juliette.

Quoi?

Corali.

Oui, je m'en vais.

Juliette.

Expliqués-moi cette conduite.

Corali.

Pouvés vous le trouver mauvais?
Le départ de Nelson vous sembloit nécessaire,
Et vous voulés vous opposer au mien!
M'aimés vous plus que lui, moi qui ne vous

Juliette. suis rien.

Nelson sait à quel point sa tendresse m'est

Corali. chere.

Eh! pourquoi donc l'avés vous fait partir?
J'ai fait ce que j'ai pu, moi, pour le retenir.
Voyés! n'est-il pas beau que j'aime votre frere
Plus que vous ne l'aimes?

Juliette.

J'ai fait ce que j'ai dû.

Corali.

Ah! quelles mœurs! quel pays corrumpu!
La nature en ces lieux eſt la ſeule étrangere.

Juliette.

C'étoit vous ſervir.

Corali.

Nous trahir,
Et..: je vous haïrois... ſi je pouvois haïr.

Juliette.

Vous me haïriés! vous!

Corali.

Pardonnés... je m'égare
Non jamais... non... mais je déclare
Que je veux m'en aller de ce vilain pays,
Ou c'eſt un crime d'être tendre,
Je pars, je vous en avertis.

Juliette.

Sachés...

Corali.

Je ne veux rien entendre.

Juliette.

Eh bien! partés ce deſſein eſt prudent;
Nelſon revient.

Corali.

Nelſon?

Juliette.

Il arrive à l'inſtant,
Je venois vous le dire.

Corali.

Il arrive? je reſte.

O doux moment!

Juliette.

Je crains qu'il ne vous soit funeste.

Corali.

Pourquoi? vous m'étonnés très-fort,
Votre air est reservé quand votre frere arrive,
Voyés ma joie, elle est cent fois plus vive.
Je ne vous conçois pas.

Juliette.

Moderés ce transport.
Apprenés que Nelson arrive avec Blandfort,

Corali.

Je n'ai jamais appris à déguiser mon ame.

Juliette.

Par égard pour Nelson, réprimés cette flamme
La tristesse fletrit son cœur.
Ses jours sont consumés par la melancolie,
Et son état me remplit de frayeur.
Contraignés-vous par amour pour sa vie,

Corali.

Je le revois, ah! quel bonheur!

SCENE V.

Blandfort, Nelson, Corali, Juliette.

Cor.]Quel bonheur extreme
Bland.]Je revois ce que j'aime.
Jul. [Tout remplit notre attente,
Nels. [Nous revoyons Blandfort.
Cor.]Que mon ame est contente,
Bland.]Rien ne manque à mon sort.
Cor. Qui peut me l'attirer,
Je n'osois l'esperer,

Julliet.

Juliet. Vous deviés l'esperer.

Corali. J'étois dans les allarmes.

Bland. O moments pleins de charmes.

Corali Je repandois des larmes,

a 4. O moments pleins de charmes.

Corali. Je revois ce que j'aime,
Ah quel bonheur extreme.

Bland. Je la trouve embellie,
Mon ame en eſt ravie,
O Jours heureux

Juliet.]Repondés à ſes vœux,

Nelſ.]Vous allés former le plus doux nœuds.

Bland.]Repondés à mes vœux,
]Nous allons former les plus doux
nœuds.

Corali. Comment cacher mes feux,
Il eſt pour moi de plus doux nœuds,
Cher Nelſon, vas lui dire que je t'aime.

Nelſ. Non, vous vous manqués à vous même
Voyés Corali, votre eſpoir eſt rempli

Corali. Mais dis-lui donc mon cher Nelſon,
Que mon cœur eſt à toi.

Juliet. Eh non non vous lui devés la foi.

Bland. Ah par ma foi, ſon cœur eſt fait pour
moi,
Je revois Corali mon eſpoir eſt rempli.
[Repondés à mes vœux,
[Vous allés me rendre heureux.

Nelſ.]Repondés à ſes vœux,
]Et nous ferons tous heureux. *d.c.*

C   *Bland.*

Blandfort.

J'ai rencontré Nelson s'en allant dans ses terres,
Il a, du plus loin qu'il ma vu,
Oublié toutes ses affaires,
Sur le champ il est revenu.

Nelson.

Mon ami, la plus importante
Etoit de te revoir, de t'embraffer cent fois.

Blandfort.

Viens, Nelson, viens remplir mon ame im-
patiente:
Nos cœurs en ce moment rentrent dans tous
leurs droits.

Juliette.

Votre retour étoit bien neceffaire.

Blandfort.

Je vous fais gré de cet empreffement.
La fœur veut bien pour moi penfer comme le
frere.

Corali.

Oui. Nous vous defirions tous trois également

Blandfort.

Corali s'offre à moi dans cet ajuftement.
Ah! fans doute, c'eft pour me plaire?
Ma préfence vous eft donc chere?
Pauvre petite!

Corali.

Affurément,
Lorfque je vous revois, je crois revoir un pere.

Blandfort.

Mais toi, qu'as tu Nelson? je te trouve changé
Tu jouiffois d'une fanté parfaite.
Ce bon tempérament feroit-il derangé?

Nelson.

Oh! je me porte bien.

Juliette.

Moi, j'en suis inquiette.

Corali.

Et moi de même.

Blandfort.

Je ne sais;
Mais j'ai cru vous trouver tout autres que
vous étes.

Nelson.

Qui, nous?

Blandfort.

Oui, vous semblés tous trois embarassés.
Auriés-vous de chagrin quelques causes se-
crettes?

Juliette.

Qui pourroit manquer à nos vœux?

Nelson.

Il suffit que l'on te revoie.

Blandfort.

Tenés, mes chers amis, vous n'étes pas heureux
Mais ma présence ici va ramener la joie,
Tiens: ouvre moi ton cœur, mon ami, je le
veux.

Corali.

Si quelque chose vous afflige,
Blandfort est un ami bien sûr, bien genereux
Dites lui tout, puisqu'il l'exige.

Blandfort.

Corali, je le vois desirer mon bonheur.

Nelson.

Ma santé s'affoiblit, le travail me fait peur.

C 2

J'ai

J'ai formé le projet de vivre pour moi-même,
Blandfort.
As-tu quelques chagrins du côté de la Cour ?
Elle t'eftime plus que bïen des gens qu'elle aime
Et te le prouvera fans doute quelque jour.
Nelfon.
Ce n'eft point par humeur ni par mifantropie
Que je veux quitter mon état ;
Mais le bruit de la ville … ah ! le monde m'en-
nuit,
Plus libre à la campagne on y vit fans élat.
Corali.
Eh bien ! nous pourrons vous y fuivre,
Blandfort.
Par tout ou tu feras , c'eft là que je veux vivre.
Juliette.
Votre bonheur mon frere eft notre unique loi.
Blandfort.
Nelfon , tu m'appartiens , & mon cœur te re-
clame,
Tu ne vivras jamais autrepart que chés moi
Corali m'aimera je recevrai fa foi ;
Tu fera heureux de ma flamme,
Et de fon Gouverneur tu garderas l'emploi,
Même quand je l'aurai pour femme.
Nelfon.
Non ; ne t'en rapporte qu'a toi.
A I R.
Bland. Qu'il eft doux de paffer fa vie
Entre l'amour & l'amitié,
De tout l'univers, qu'on oublie,
Heureux, qui peut être oublié.
Aim.

Ami tendre & femme jolie
Sans ceſſe feront mon bonheur,
Et tous les biens que l'on envie,
Je les trouverai dans mon cœur.

Nelſon.
Oui, voilà le bonheur:quand on a l'ame tendre,
On n'aſpire en effet qu'à pouvoir vivre ainſi.
Blandfort.
Eh bien! tu peux te marier auſſi.
Nelſon.
Non, non; je veux encore attendre.
Blandfort.
Tu fais mal; tiens, Nelſon, quand on a du ſouci,
Une femme jolie eſt un enchantereſſe,
Dont le regard ſerein ſait fixer le plaiſir;
Et ſon ſourire, qui careſſe,
Nous préſente un bonheur qu'il eſt doux de
Juliette. ſaiſir.
Je connois bien mon frere, & c'eſt ainſi qu'il
Nelſon. penſe.
Ma ſœur !...
Blandfort.
Comment! quelque beauté lui plaît,
Corali vous ſavés qui c'eſt ?
Mettés-moi dans la confidence.
Corali.
Non; je dois garder le ſilence.
Blandfort.
Sans la diſcretion point de ſocieté,
Et ſon ſecrét doit être reſpecté;
Je ne ſuis plus curieux de l'apprendre
Rendre

Rendre mon ami libre eſt ma premiere loi,
Et je veux que ſon cœur vienne au devant de
                                    moi,
Je me reprocherois de vouloir le ſurprendre.
Nelſon.
Mon ami .. !
Juliette.
Vous voyés quel eſt ſon embarras.
Blandfort.
Sa réſerve m'étonne & ne m'offence pas.
Mais Corali pour moi ſans doute eſt ſans my-
                                    ſtere,
Je la connois, & je me crois certain.
Que ſon ame n'a point de ſecret à me faire.
Corali.
Je ſerois bien génée en voulant vous le taire.
Blandfort.
Ainſi vous conſentés à recevoir ma main?
Je vais chercher moi-même le Notaire.
Nelſon.
Mais un valet pourroit...
Blandfort.
J'arriverai plutôt.
Il s'agit du bonheur, il faut
Saiſir tout ce qui l'accelere.
Quand je fais tant que de bien ſouhaiter,
De tous me pas je ſuis prodigue;
Et je trouve qu'on ſe fatigue.
Beaucoup moins à marcher qu'à s'impatienter
Je reviens, j'oubliois l'article néceſſaire,
C'eſt de vous mettre au fait de mon vrai cara-
Si, comme je n'en doute pas,   (ctere.
Vous

Vous étes douce, aimable, honnéte, vertueuſe.
Si dans notre union vous trouvés des appas,
Les plaiſirs ſuivront tous vos pas,
Votre felicité me ſera précieuſe.
Si des plaiſirs bruyans vous étes amoureuſe,
Si vous aimés le monde & tout ſon vain fracas.
Oh ! je vous déclaire, en ce cas,
Que vous ſerés encore parfaitement heureuſe.

SCENE IV.

Corali, Juliette, Nelſon.

Nelſon.

Si nous trompions cet homme, en verité
Nous ſerions bien inexcuſables.

Juliette.

Bon ! ſouvent ce malheur arrive à ſes ſemblab-
Il s'emble que ce ſoit une fatalité.   (les,

Corali.

C'eſt votre intention, à ce que j'imagine.

Nelſon.

Qui, moi ? vous me croyés ce projet inhumain?

Corali.

Examinés-vous bien comme je m'examine :
Vous attrappés Blandfort en lui donnant ma
                    Nelſon.   main.

C'eſt une devoir.

Corali.

C'eſt une tromperie,
De ſon côté Madame y donne tous ſes ſoins.

Juliet.

Juliette.
Seriés-vous infidelle à Blandfort?
Corali.
De ma vie
Je ne l'en tromperai pas moins.
Nelson.
Comment ?
Corali.
En devenant sa femme,
On me fera jurer que c'est selon mon gré.
Juliette.
Eh bien ?
Corali.
Comme je mentirai !
Juliette.
L'honnéteté....
Corali.
Fort bien, Madame !
Je trahirai la verité,
C'est une belle honéteté !
Nelson.
Aimés-vous mieux manquer à la reconoissance
C'est à Blandfort à disposer de vous.
Juliette.
Votre pere, en mourant, lui remit sa puissance.
Corali.
Tant mieux, il ne peut donc devenir mon
Nelson.   epoux.
Eh pourquoi donc ?
Corali.
Un pere epouse-t-il sa fille ?
Le mien, en bon chef de famille,

Au

Au lieux de m'impofer des loix,
Eût confulté mon cœur, de peur de fe
                    meprendre.
Il eût dit à l'amant dont j'aurois fait le choix:
Ma fille t'aime, fois mon gendre;
Et nous ferons heureux tous trois.
Voilà ce que Blandfort doit faire.
Juliette.
Mais vous l'aimés ?
Corali.
Oui, comme on aime un pere.
N'aimiés-vous pas le votre?
Juliette.
                    Ah! oui.
Corali.
Vous aimiés votre epoux auffi?
Juliette.
Il fut toujours l'objet de ma tendreffe extreme.
Corali.
Les aimiés-vous tous deux de même?
Juliette.
Pas tout-à-fait, pour parler franchement
Corali.
Eh bien donc! juges-moi par votre fentiment,
De bon foi conclués-en, Madame,
Que l'inftinct naturel qui nous conduit si bien,
Ne fait point fentir dans notre ame
Ces differences-là pour rien.
Nelfon,
Je ferois moins inexcufable,
Si pour Blandfort j'étois un étranger.
Avec vous, dans ce cas, je pourrois m'engager
                    Sans

Sans me rien reprocher, fans être meprifable
Mais mon intime ami! jufte Ciel! j'en fremis.
Quoi! d'un dépôt facré la fainteté trahie....
L'attentat eft affreux.... fi je lavois commis.
Si j'en étois tenté, je m'ôterois la vie :
Oui, je me l'ôterois, Corali, je le puis.
Corali, fremiffés de l'état où je fuis.

Juliette.

Voyés le défefpoir où vous plongés mon frere

Corali.

Eft-ce ma faute, à moi, s'il m'a fçu plaire?

Nelfon

Non c'eft la mienne, & je dois m'en punir.
Le danger eft trop grand, il faut le prevenir
J'ai befoin d'être feul.

Corali.

D'une frayeur mortelle
Votre fang froid glace mon cœur.

Nelfon.

De grace, laiffés-moi.

Juliette.

Mon frere! ...

Nelfon.

Et vous, ma fœur,
Emmenés Corali : fur-tout veillés fur elle.

Juliette.

Suivés-moi, gardés-vous d'irriter fa douleur.
Un inftant va calmer fon ame trop émue ;
Mais ne le perdons point de vue.

Nelfon.

La douleur dans mon ame entre de toutes parts
Le fpectacle de la nature,

De

De mes fens affectés emprunte la teinture,
Et tout fe peint en noir à mes triftes regards.
Terminons ce combat.
Corali.
Ah! Nelfon
Juliette.
Ah! mon frere!
Corali.
Jufte Ciel! que veux-tu donc faire?
Nelfon.
Te montrer ton devoir, en m'acquittant du
Corali. mien
Mon courage, Nelfon, égalera le tien.
Juliette.
Vois ta fœur à tes pieds.
Corali.
Et vois-y la victime.
Nelfon.
Apprends que la vie & l'eftime,
Dans un cœur élevé n'ont qu'un même lien,
Dès que l'une nous quitte, on doit détefter
Juliette. l'autre.
C'eft l'Arrêt de l'honneur, par conféquent le
Corali. notre.
Eh bien! fois fatisfait, Blandfort aura ma foi.
Nelfon.
M'en fais-tu le ferment?
Corali.
Oui, je renonce à toi.
Nelfon.
Ah! tu me rends la vie; une beauté nouvelle
A mes yeux fatisfaits anime l'Univers;
Et

Et je fens dans mon cœur une preuve réelle
Que la clarté du jour eft plus douce & plus belle
Pour l'honnête-homme heureux, que pour
l'homme pérvers.

Juliette.

Tu feras donc ami fidele?
Vous & Blandfort, Nelfon & moi,
Nous ne ferons qu'une cœur entre nous quatre
Erre unis a jamais va faire notre loi,
Et nous ferons heureux fans peine & fans
combattre.

TRIO.

Remplis nos cœurs douce amitié,

Cor.
Jul. Tu confoles l'hiver de l'age,

Nelf. Peines & plaifirs font de moitié.

Cor.
Jul. Tu viens au fecours du courage.

Nelf. Tu fais annoblir la pitié.

a 3. Dans nos chagrins, dans nos malheurs
Remplis nos cœurs douce amitié.

SCENE VII.

Blandfort, le Notaire, les Acteurs précedens.

Blandfort.

Le contract eft pafsé tout à votre avantage,
Corali, je fuis enchanté.
Jouifsés de mes biens en pleine liberté,
Vous me donnés bien d'avantage,
Je vous dois ma felicité.

Corali.

Coráli.

Vos difpofitions bleffent l'intégrité,
Vos parens n'ont-ils pas droit à votre heritage?
Blandfort.

Si mon bien ne m'eût rien coûté,
Ce fond pour eux feroit une reffource :
Je commettrois une infidelité
En le détournant de fa fourçe.
Ma fortune eft le fruit de vingt ans de travaux.
J'ai gagne quelque bien, mais c'eft en honnête
homme,
Et c'eft pour mes amis que j'en fuis économe
A qui le laifferois-je ? à des collatéraux
De qui l'avidité fur cet efpoir fe fonde,
Qui foigneux de s'anéantir
Dans une inaction profonde,
Ne favent que je fuis au monde,
Que pour épier l'heure ou je dois en fortir.
Allons, Monfieur, faites lecture
De cet acte où mon cœur fe montre à decouvert
Corali.

Nelfon, voici le moment qui nous perd.
L'amitié nous foutient dans cette conjoncture.
Blandfort.

Allons, Monfieur, lifés, pafsés les qualités!
Cet amas pour fouffler de vaines dignités,
Pour tout Anglais qui penfe, eft un vrai ver-
Le Notaire. biage
Hon, hon, hon, hon. Les claufes font ici.
(il lit.

Et Blandfort reconnoit avoir de Corali
Reçu lors de fon mariage,
Une

Une terre près de Dublin,
Valant de revenu mille livres sterling.
                    Corali.
Si l'on m'appelle en temoignage,
Je dirai que l'article est une fausseté.
                    Le Notaire.
C'est une fausseté d'usage.
Et si ledit Blandfort meurt sans posterité,
La moitié de ses biens sera pour son épouse,
L'autre moitié de droit appartiendra
A l'homme heureux qui la consolera.
                    Juliette.
C'est n'avoir pas l'humeur jalouse.
                    Blandfort.
C'est être juste, on ne peut faire mieux.
Je ne point l'orgeuil odieux
De vouloir que ma veuve, en equipage sombre
Dans la fleur de ses ans, soit fidelle à mon ombre
Nelson, tu connois ses vertus :
Car je te l'ai donnée en garde :
Remplaçe-moi, quand je ne serai plus,
C'est toi que ce soin là regarde.
                    Nelson.
Je ne pourrois jamais te survivre un moment.
                    Blandfort.
Tu me regretteras, sans doute ;
Mais tiens, mon cher Nelson, écoute :
Au metier que je fais, on vieillit rarement,
Et j'aurai cette idée, & douce & consoiante,
De songer qu'apres moi ma chere Corali,
Honnête & respectable autant qu'elle est char-
                                    mante,
                    Tiendra

Tiendra tout son bonheur de son meilleur
Corali.
ami.

Quel plaisir trouvés-vous à me voir fondre en
larmes ?

Blandfort.

Je ne puis m'empêcher de leur trouver des
charmes ;

Elles prouvent que vous m'aimés.

Corali.

Je vous le dois.

Blandfort.

Vous me charmés.
Quel sort plus que le mien peut être desirable!
O vous, dont la jeunesse embellit la vertu,
Signés cet acte respectable,
Pour lui donner la forme irrevocable,
Dont il doit être revétu.

Corali.

Donnès... je vais vous satisfaire.

Juliette.

Elle pâlit...:.

Nelson.

Je tremble.

Corali.

Je me meurs.

Blandfort.

Dieu ! quel moment !... mais Juliette en pleurs!
Et Nelson immobile ! ah ciel ! qu'allois-je faire?

Juliette.

Voilà toujours ce que j'ai craint.

Blandfort.

Nelson, dans les regards le désespoir est peint
Tu

Tu ne me réponds rien, ton embarras m'éclaire
mais d'un voile fatal tes yeux semblent couverts
Eh ! ne sais-tu pas que je l'aime ?
Quoi ! nés-tu pas toujours la moitié de moi-
même ?
Viens, approche, mes bras & mon cœur sont
ouverts.

Nelson.

La tendresse m'accable, ah Blandfort, je te perds !

Blandfort.

Non, non, mon amitié voit tout & le fait grace.
Va, je lis dans ton ame, & sais ce qui s'y passe :
Cette enfant, sans t'aimer, n'a pu vivre chez toi.
Tu l'as condamnée au silence,
D'un sacrifice affreux tu lui faisois la loi ;
Mais la nature, à qui tu faisois violence,
A repris tous ses droits pour les tenir de moi

Nelson.

J'avoue, en gemissant, mon crime impardon-
(nable.
Sans le vouloir, j'ai causé son malheur ;
J'ai préparé celui de cette fille aimable,
Mais j'atteste la foi, mon amitié, honneur...

Blandfort.

Laisse-là les sermens, Nelson, ils nous outragent
C'est la ressource des ingrats,
Et non de deux amis, dont les maux se par-
tagent.
Te serrerois-je dans mes bras,
Si je te soupçonnois d'un crime volontaire ?
Ma chere Corali, revoyés la lumiere.
Je ne veux que votre bonheur,
Et ne ferai jamais votre persecuteur.

Corali.
Blandfort, Blandfort, fans être trop fevere,
Vous pouvés m'accabler de reproches affreu6
Blandfort.
Je craindrois bien plutôt d'avoir lieu de m'en
faire,
En vous séparant tous les deux.
Je ne veux point avoir d'amis qui me détestent.
Corali.
Et comment efperer d'obtenir nos pardons?
Blandfort.
Le contract est dreſsé, l'on va changer les noms
Mais j'exige & j'entends que les articles restent,
Nelfon.
Dans la honte des torts quand nous nous con-
fondons...
Blandfort.
Ils font tous oubliés, mes procedés l'attestent.
Ne m'humiliés pas, en refufant mes dons.
Juliette.
Dans de tels procedés la grandeur d'ame brille,
Vous, dont les actions font de ſi bons avis,
Vos exemples feront plus cités que fuivis.
Blandfort.
Nous n'allons compofer qu'une même famille,
Nelfon va devenir l'époux de Corali;
Dans ce moment je l'adopte pour fille,
Corali.
C'eſt n'être pas genereux à demi.

D*Bland-*

Blandfort.
En facrifiant ma tendreffe,
Mon avanture apprend qu'on doit à fon ami
Donner tout à garder, excepté fa maitteffe.

CHOEUR.

a 4. Vivons tous enfemble,
    Que l'amitié nous raff mble,
     Coulons les jours les plus doux.
    Vivons tous enfemble,
    Le bonheur fera chéz nous.
Bland. Pour être heureux dans la jeuneffe,
     Chérifsés-vous.
Jul.   Pour être heureux dans la vieilleffe,
     Eftimés vous.
Cor.   [Jamais nous n'aurons de miftere pour
Nelf. [vous.
Bland. Un ami tendre eft un bon pere.
Juliet. Une fœur tendre eft une mere.
     Vivons &c.

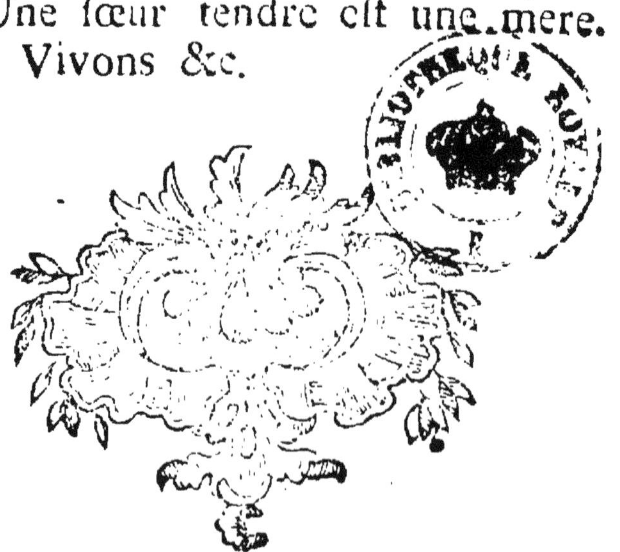